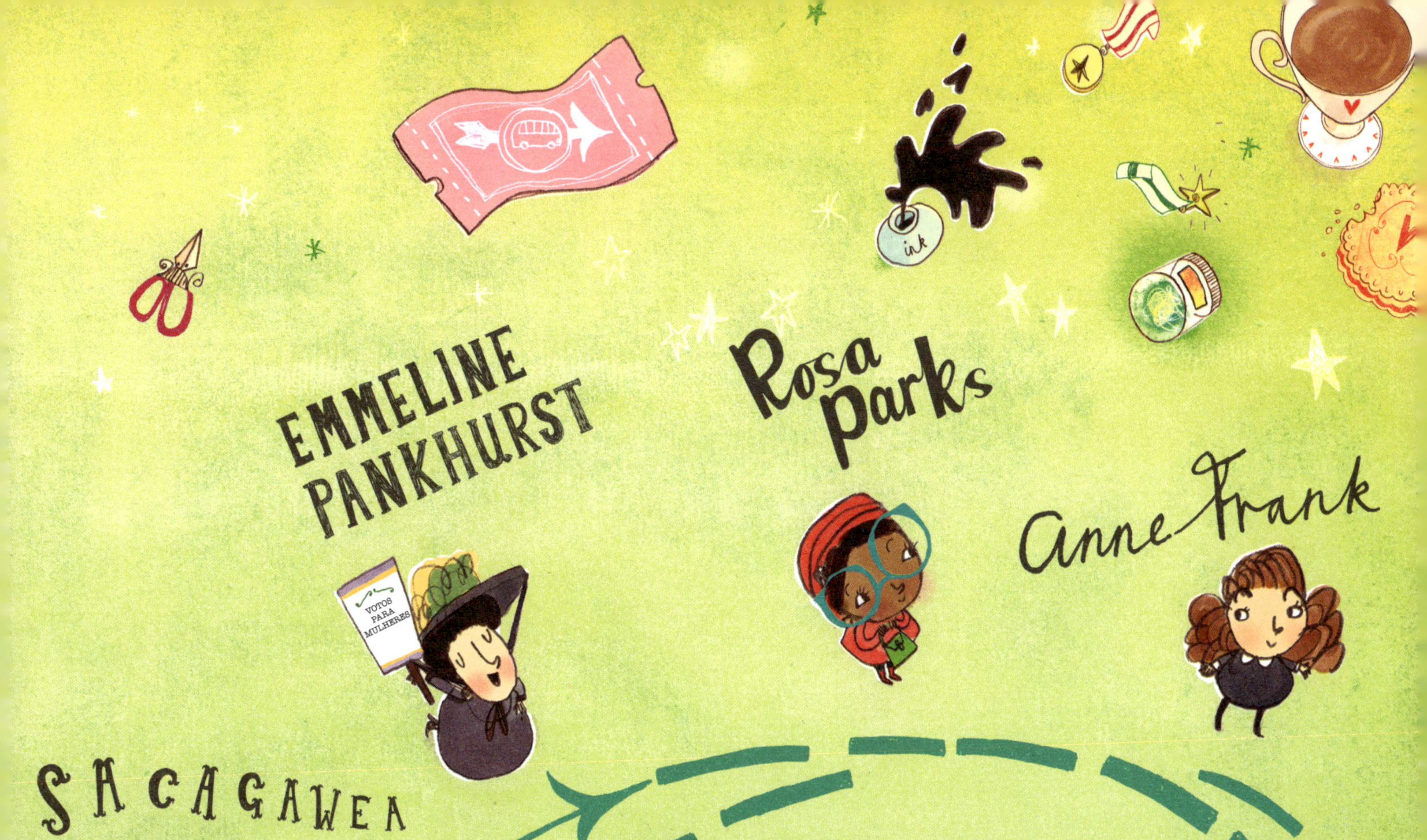

EMMELINE PANKHURST

Rosa Parks

Anne Frank

SACAGAWEA

Como elas se tornaram incrivelmente fantásticas e maravilhosas?!

As mulheres deste livro não tinham a intenção de serem "incríveis". Elas fizeram coisas extraordinárias simplesmente ouvindo seu coração, seguindo seus sonhos e aprimorando seus talentos. Não deram ouvidos a quem lhes disse que não seriam capazes. Ousavam ser diferentes. E algumas delas não resistiam a uma, ou muitas aventuras.

Agente Fifi

Jane

QUEM ESCREVEU ESTES LIVROS MARAVILHOSOS?

Shhhh! Quando seu primeiro livro foi publicado, Jane Austen não pôde contar a ninguém que era a autora! Em 1811, as pessoas não achavam certo que uma mulher tivesse um emprego, por mais talentosa que fosse.

Os livros que Jane escreveu são TÃO comoventes, românticos e empolgantes que ainda são apreciados duzentos anos depois. Eles estão entre as melhores histórias já contadas.

CONHEÇA ALGUMAS DAS HEROÍNAS, HERÓIS E VILÕES DE JANE...

O sr. Darcy é um tédio!

Uma heroína esperta que sempre fala o que pensa, embora uma "dama" não devesse ter opinião.

Elizabeth Bennet e Sr. Darcy
ORGULHO E PRECONCEITO

Por que você não quer se casar comigo?!

Belo, elegante e endinheirado. Muda o seu comportamento esnobe para conquistar o coração de Elizabeth Bennet.

Austen

Sr. Walter Elliot — PERSUASÃO
Um homem metido e antipático da classe alta, que considera beleza mais importante que gentileza.
Que FEIA!

Emma Woodhouse — EMMA
Decide ajudar seus amigos e sua família a encontrar o marido ideal, mas descobre que ainda precisa aprender muito sobre a vida e o amor.
Que romântico!

Sra. Norris — MANSFIELD PARK
Uma mulher feroz, sempre de touca, que trata muito mal a sobrinha, Fanny Price, garota que vem de família pobre.
Quem ela pensa que é?

Catherine Morland — A ABADIA DE NORTHANGER
Tem dificuldade em entender que a vida não é como nos romances dramáticos que ama ler.
Nossa!

Em cartas secretas para a irmã, Jane escreveu sobre ter seu coração partido, como o das heroínas que criou, por um homem chamado Tom Lefroy. Os dois não poderiam se casar, pois a família de Jane não era rica.

Sem marido, Jane precisou do apoio financeiro da família até seus livros fazerem sucesso!

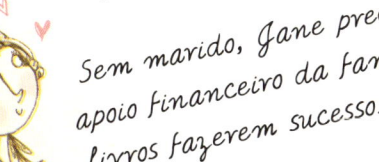

ELA NADAVA NO SEU RITMO
GERTRUDE EDERLE

KIT BÁSICO PARA NADAR NO CANAL DA MANCHA

UM TRAJE DE DUAS PEÇAS:
Em vez de usar um pesado traje de banho feito de lã, Trudy confeccionou uma espécie de biquíni a partir de roupas íntimas. (Os homens nadavam o Canal pelados!)

GORDURA!
O corpo inteiro de Trudy foi lambuzado em gordura para se manter aquecido na água fria.

UMA TOUCA DE NATAÇÃO VERMELHA
Para os observadores avistarem Trudy na água.

ÓCULOS DE MERGULHO
Para que a água do mar não ardesse seus olhos.

Na década de 1920, Gertrude Ederle, uma adolescente nova-iorquina, que já havia ganhado medalha olímpica de nado, queria provar que mulheres também podem completar um desafio de natação considerado tão **difícil** e **perigoso** quanto escalar o monte Everest. Gertrude (ou Trudy) queria ser a primeira mulher a atravessar a nado as águas congelantes do **Canal da Mancha**.

As pessoas achavam que o plano era audacioso demais, principalmente porque sua primeira tentativa, em 1925, não tinha dado certo por conta do tempo ruim. Mas ela não desistiu...

TRÊS homens já nadaram o Canal. Eu consigo também!

Chiquinha Gonzaga

Nascida no Rio de Janeiro, no Brasil, Francisca Edwirges Neves Gonzaga, Chiquinha Gonzaga, aprendeu a tocar piano ainda criança. Desde muito cedo, ela tinha um enorme talento musical, mas, como a maioria das meninas de famílias ricas, era esperado que ela se casasse ainda muito jovem. Embora Chiquinha desejasse que sua vida tomasse um outro ritmo, aos 16 anos, seu pai decidiu que ela deveria se casar.

O marido de Chiquinha não concordava com seu interesse pela música, tanto que ele a proibiu de tocar qualquer instrumento musical. Para Chiquinha, a vida sem música era insuportável, por isso ela surpreendeu a todos quando decidiu abandonar seu casamento. Por fim, ela estava livre como desejava.

Para sobreviver depois de sua separação, Chiquinha passou a se apresentar nos teatros e cafés do Rio de Janeiro. O que não era comum para as mulheres no Brasil, mas ela era vanguarda, e por isso enfrentou muita desaprovação por parte da sociedade. Apesar disso, ela adorova o ritmo de sua nova vida e sua criatividade atingiu um outro patamar...

...eu não entendo a vida sem harmonia...

Em **1877**, Chiquinha compôs sua primeira canção, uma polca chamada **Atraente**. Em pouco tempo a música estava sendo executada por músicos em todo o Brasil.

Eis a minha primeira composição.

A fama de Chiquinha cresceu e, entre **1897** e **1899**, compôs **Ó Abre Alas**, uma música tão vibrante que ainda hoje é muito popular nos carnavais do Brasil. Foi inspirada na liberdade de festas de rua que ela testemunhou no Rio de Janeiro e demonstrava sua decisão para dançar a música que queria e não o que as pessoas esperavam que dançasse...

Ó Abre Alas

Ó abre alas... Que eu quero passar...
Ó abre alas... Que eu quero passar...
Eu sou da lira... Não posso negar...
Eu sou da lira... Não posso negar....

Nunca antes tivemos uma música genuinamente brasileira.

Chiquinha teve uma carreira longa como compositora, como maestrina e executando suas músicas. Com suas atitudes, ela ajudou a mostrar que as mulheres devem ser livres para fazer suas próprias escolhas e seguir seus talentos. Depois de enfrentar tanto preconceito durante sua vida, ela tomou a iniciativa de fundar a Sociedade Brasileira de Autores Teatrais (Sbat), que protege os direitos dos músicos e os ajuda a ganhar a vida com seu talento.

A vida vista de outro modo por... Frida Kahlo

A vida da artista mexicana Frida Kahlo nem sempre foi fácil, mas ela transformou suas experiências em obras de arte únicas e maravilhosas.

Em 1925, aos 18 anos, Frida estudava medicina quando sofreu um sério acidente de trânsito. Seus ferimentos foram tão graves que ela nunca se recuperou para terminar a faculdade.

Enquanto se recuperava no hospital, Frida começou a pintar retratos de si mesma, e sua vida mudou para sempre. Pintar ajudava Frida a se sentir melhor. Ela decidiu que não perderia mais tempo na vida. Ela pintaria!

> Eu tinha muito interesse pelo povo antigo que viveu no México: os ASTECAS. Eles acreditavam que os cães eram nossos guias, então eu pintava cachorros quando estava prestes a tomar GRANDES decisões.

CÃO ITZCUINTLI COMIGO, 1938

OS SENTIMENTOS DE FRIDA: Frida ria muito, mas sempre se pintava bem séria. Ela tentava encontrar maneiras diferentes de expressar seus sentimentos, então por isso pintava imagens intrigantes como pistas...

FRIDA FASCINANTE: As pessoas se interessavam por Frida, pois ela usava a arte para dizer o que pensava. Não queria esconder nada sobre si mesma – o que não era comum para as mulheres da época. Por isso, Frida exagerava as sobrancelhas e pelos faciais nas pinturas. Frida tinha muito orgulho de ser mexicana e sempre usava roupas, joias e penteados tradicionais e coloridos.

VIVA LA VIDA! Frida pintou mais de 200 obras de arte que hoje são famosas no mundo inteiro, mas, ao longo de sua vida, sua saúde piorou. Mesmo bem doente, ela queria viver a vida ao máximo. Na sua última pintura, uma natureza-morta de melancias, ela escreveu as palavras "VIVA LA VIDA!", que significa VIVA A VIDA! Frida tinha uma maneira única de observar o mundo, e isso fez dela uma das artistas mais importantes de todos os tempos.

Marie Curie

A pesquisa de Marie não era apenas **misturas**, **borbulhas** e **explosões divertidas**.

Perguntas, perguntas. Marie tinha tantas perguntas sobre ciência.

Marie era de uma família pobre na Polônia. Ela economizou e se esforçou muito para estudar ciência na universidade em Paris, na França, e dedicou a vida a encontrar respostas que resultaram em tratamentos para doenças graves.

Foi em Paris que Marie se interessou por uma descoberta superinteressante da ciência... os **raios X**!

Fascinante! Hummm, será que há substâncias naturais que emitem radiação?

Os raios X foram estudados primeiramente pelo médico alemão Wilhelm Röntgen, em 1895. São raios invisíveis que atravessam objetos sólidos, como nosso corpo. Os raios X são um tipo de radiação.

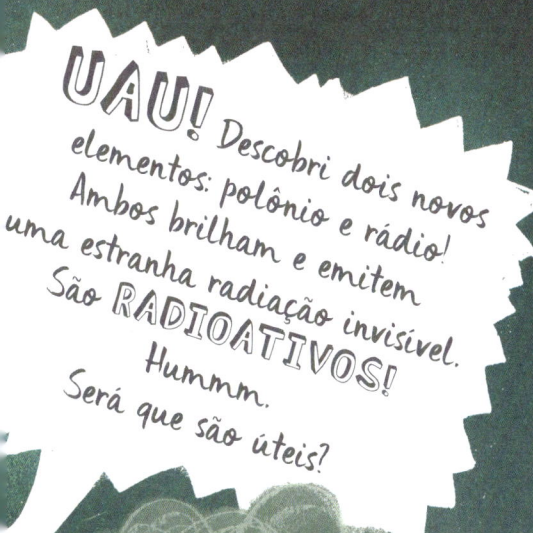

UAU! Descobri dois novos elementos: polônio e rádio! Ambos brilham e emitem uma estranha radiação invisível. São **RADIOATIVOS!** Hummm. Será que são úteis?

***Elemento:** Metais, minerais, líquidos e gases que formam o mundo. Um novo elemento é uma GRANDE descoberta!

***RADIOATIVO:** Marie Curie foi a primeira pessoa a usar o termo "radioativo" para designar substâncias que emitem radiação.

Mais experimentos demonstraram que o rádio era um **elemento incrível**, pois podia ser usado para tratar pessoas com câncer.

Em 1903 e 1911, Marie recebeu o mais importante prêmio das ciências: o Nobel. Ela é a única mulher até o momento que ganhou o Nobel *duas vezes*.

RADIAÇÃO ARRISCADA
Marie gostava de dormir ao lado de um pote de vidro com rádio, que emitia uma luz suave. Ela não sabia que era perigoso. Ela sempre estava doente. Hoje sabemos que ela sofria de envenenamento por radiação.

Ela seguiu as pegadas dos... DINOSSAUROS!
Mary Ann...

O cachorro de Mary

Imagine o que pode existir sob nossos pés!

Mary Anning nasceu em Lyme Regis, na Inglaterra, em 1799. Na época, as pessoas acreditavam que o mundo tivesse apenas alguns milhares de anos. O interesse em fósseis da Mary ajudou a provar que o mundo já tinha milhões e milhões de anos.

A família de Mary vivia da venda de fósseis encontrados na praia a turistas ricos. No começo do século 19, ninguém tinha muita certeza do que se tratavam. Mary ficou intrigada e fez descobertas MONSTRUOSAS.

FÓSSEIS:
Fósseis são formados ao longo de milhões de anos quando minerais vão preenchendo o espaço dentro e em volta de esqueletos, pegadas, e até mesmo cocô, deixados para trás pelas criaturas que viveram muito, muito tempo atrás.

1812: Mary descobriu o esqueleto de uma criatura desconhecida. Cientistas vieram vê-lo e nomearam o monstro marítimo pré-histórico de ICTIOSSAURO.

AMELIA EARHART

A pilota americana amante de aventuras Amelia Earhart queria ser a primeira mulher a sobrevoar sozinha o vasto Oceano Atlântico. Embora essa jornada perigosa só tivesse sido completada por um homem, e muitos terem morrido tentando, Amelia estava determinada a permitir que seus sonhos levantassem voo...

A AVENTURA COMEÇA AQUI!

20 de maio de 1932: Amelia levanta voo de Harbour Grace, em Newfoundland, no Canadá, em direção a Paris, na França.

Apenas mais 3.200 quilômetros!

AVANTE!

TRAJES de aviadora
- casaco forrado de pele
- quepe
- calças de voo
- óculos de proteção

CÉUS TURBULENTOS!

Ventos fortes e gelo provocaram problemas mecânicos. Amelia percebeu que não chegaria em Paris...

Agente Fifi

Preparem-se, meninas! Vamos ganhar esta guerra.

NOME REAL:
Marie Christine Chilver

FATOS: Durante a Segunda Guerra Mundial, em 1940, Marie tinha 20 anos e era estudante universitária de línguas em Paris, na França. A Alemanha tinha invadido o país e Marie foi enviada para um campo de prisioneiros para mulheres britânicas. Mas Marie bolou um plano astuto e fugiu de volta para a Grã-Bretanha. O governo ficou impressionado com a ousadia dela. Ela recebeu uma identidade secreta e uma missão muito importante...

MISSÃO SECRETA

SETEMBRO DE 1942, SEGUNDA GUERRA MUNDIAL

Agente Fifi,
Você precisa testar nossos espiões em treinamento para ver se eles conseguem guardar segredo. Se eles puderem ser enganados por você, uma agente britânica, vai saber o que eles podem acabar "dedando" para um agente inimigo.

Sabemos do que é capaz, Fifi. Todos dizem que você é uma "mulher de capacidade impressionante" e não é apenas nossa agente secreta. É "nossa agente secreta especial".

Atenciosamente,

EXECUTIVO DE OPERAÇÕES ESPECIAIS, SERVIÇO DE INTELIGÊNCIA BRITÂNICO

O TESTE DEDO-DURO DA FIFI:

Os espiões em treinamento precisavam passar em testes de leituras de mapas, códigos secretos, salto de paraquedas, explosivos e disfarces. Mas o teste da Agente Fifi era o mais difícil de todos: Fifi trabalhava disfarçada para que os espiões em treinamento não soubessem que estavam sendo testados!

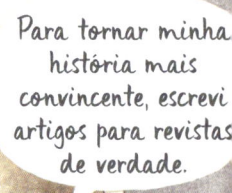

DICAS ESPERTAS PARA MISSÕES SECRETAS DA FIFI

PRIMEIRA DICA: Tenha uma história superconvincente para o seu disfarce.

Eu fingi ser jornalista para ninguém perceber que eu era uma agente secreta.

Para tornar minha história mais convincente, escrevi artigos para revistas de verdade.

SEGUNDA DICA: Fique de olho nos espiões em treinamento, observando as técnicas espiãs deles.

Elas não têm ideia de que observo cada passo!

Temos trabalho ultrassecreto a fazer!

Fifi recebia descrições detalhadas da aparência do espião em treinamento que seria observado:

ALVO: Duas mulheres, uma com cabelo castanho, olhos castanhos e dentes saudáveis. A outra é pequena. Cabelo castanho-avermelhado e cara amuada.

TERCEIRA DICA: Esteja pronta para ir a qualquer lugar, em qualquer momento. Os alvos podem estar em cafés, restaurantes ou até no zoológico.

Claro que pode confiar em mim.

Alvo: Cabelo castanho, sobrancelhas grossas. Estará na área das girafas no zoológico de Londres, às 14h30.

QUARTA DICA: É preciso ser muito boa de papo para convencer os alvos a compartilhar informações altamente secretas.

QUINTA DICA: Esteja certa de tudo ao escrever um relatório sobre sua missão.

O alvo foi um dedo-duro. Não são aceitáveis para missões ultrassecretas.

CONFIDENCIAL

Manter os segredos longe dos inimigos era tão importante que a Agente Fifi fez uma promessa de nunca falar sobre seu emprego, nem mesmo para a família. Mesmo depois do fim vitorioso da guerra, ninguém sabia nada sobre seu trabalho incrível.

Recentemente, depois de mais de 70 anos, os arquivos de Fifi vieram a público. Agora não é mais segredo a maravilhosa agente ultrassecreta que Fifi foi.

Os relatórios de Fifi contavam se o espião em treinamento era confiável ou não. Era muito importante que apenas os melhores se tornassem espiões de verdade. Se eles fossem enganados por um agente inimigo real, missões fundamentais falhariam e vidas poderiam ser perdidas.

CAGAWEA

"Viajei carregando meu recém-nascido em minhas costas."

Considerada propriedade dos homens das tribos, a vida era difícil para as mulheres nativas da América do Norte. Ainda criança, Sacagawea foi raptada de sua tribo Shoshone e levada até a tribo Hidatsa, onde viveu até que Lewis e Clark a conheceram. Sacagawea falava a língua de ambas as tribos, então foi levada na jornada para atuar como intérprete. Não demorou para Sacagawea mostrar sua utilidade em outras situações...

Sempre **calma nas dificuldades**, Sacagawea resgatou equipamentos importantes da correnteza.

Sacagawea viajou mais de **6400 quilômetros** a pé, a cavalo e de barco!

"Alguém quer raiz de alcaçuz?"

Era difícil encontrar comida na jornada, mas Sacagawea sabia onde encontrar **raízes e frutos**.

Um fim inesperado para a Expedição
A expedição terminou em **1806**. Os esforços de Sacagawea fizeram com que Lewis e Clark a encarassem de igual para igual – algo impressionante para uma mulher na época, ainda mais uma indígena.

Emmeline Pankhurst

A defensora mais apaixonada e determinada do VOTO PARA MULHERES

Na Inglaterra, em 1903, Emmeline Pankhurst inspirou mulheres de todas as classes sociais – pobres e ricas, velhas e jovens – a fazerem campanha contra uma lei que proibia as mulheres de votar. Essas mulheres se tornaram conhecidas como suffragettes.

Com a sra. Pankhurst liderando, as suffragettes estavam determinadas a mostrar o contrário para aqueles que não acreditavam que as mulheres deviam opinar sobre quem governaria o país...

... estão errados.

Emmeline Pankhurst discursando calorosamente para os passantes, ao lado de suas filhas *suffragettes*, Christabel e Sylvia.

VOTOS PARA MULHERES? NUNCA!

Emmeline enfrentou dificuldades para convencer a sociedade de que VOTOS PARA MULHERES era uma boa ideia. A questão chocava e assustava algumas pessoas.

ABSURDO! O cérebro das mulheres é pequeno DEMAIS para lidar com uma votação!

TSC!! Se as mulheres começarem a votar, podem parar de se casar!

VIVA! AS MULHERES CONSEGUEM O VOTO! Em 1918, a lei finalmente foi alterada e algumas mulheres com mais de 30 anos receberam a permissão para votar. Apenas em 1928, pouco depois da morte de Emmeline, todas as mulheres com mais de 21 anos puderam votar.

AÇÕES, NÃO PALAVRAS!

Emmeline dizia que a única maneira de levarem a mensagem das suffragettes a sério era com AÇÕES, NÃO PALAVRAS, mesmo que isso chamasse a atenção da polícia e, às vezes, levasse à prisão.

AÇÕES DAS SUFFRAGETTES

- Protestar com cartazes
- Atrapalhar discursos políticos
- Acorrentar-se a portões

AS SUFFRAGETTES PRECISAM DE VOCÊ!

A suffragette que distribuísse mais exemplares do jornal *Suffragette* ganhava uma bicicleta!

A bicicleta era das cores do movimento: roxo, branco e verde. Com ela, a suffragette poderia circular por aí recrutando mais meninas para a causa.

Junho de 1942

Querida Kitty*,

"Espero poder contar tudo a você, como nunca pude contar a ninguém..."

Atenciosamente

Anne Frank

(13 anos, Amsterdã, Holanda)

*Anne conversava pelo diário com sua amiga imaginária chamada Kitty.

Durante a Segunda Guerra Mundial, Anne Frank – menina cujo sonho era ser escritora – precisou se esconder junto com sua família. A guerra tornou a vida dos judeus, como a família Frank, muito insegura, pois o partido nazista os perseguia. Judeus eram tratados de forma injusta e eram enviados aos campos de concentração, embora não tivessem feito nada de errado.

Os Frank se esconderam em um anexo secretado – algumas salas escondidas na fábrica do pai de Anne antes da guerra. Não puderam levar muitas coisas com eles, mas Anne levou seu diário...

A Família Frank

O pai de Anne — Otto Frank
A mãe de Anne — Edith Frank
A irmã de Anne — Margot Frank
Anne Frank

Tenho muito medo que nosso esconderijo seja descoberto.

Ninguém sabia sobre o esconderijo a não ser amigos confiáveis que traziam alimentos e outras necessidades. A entrada ficava escondida sob uma estante de livros.

Anne e Margot na praia. Vida feliz em família antes da guerra.

Anne despejava todas as suas esperanças, frustrações e medos no diário...

> Nada é pior do que ser pega.

A comida era pouca no anexo, mas Anne sabia que devia aguentar tudo.

Mais pessoas precisaram vir morar no anexo com os Frank. Anne achava difícil dividir um lugar pequeno com oito pessoas.

> Essas discussões me deixam louca.

couve em conserva · alface · batata · repolho

a Família Van Pel · a Família de Anne

Fritz Pfeffer

Anne sentia falta de sua gata, Moortje, que precisou deixar para trás.

Moortje

> Ainda acredito, apesar de tudo, que as pessoas sejam realmente boas de coração.

O Diário de Anne – Um livro que tocou o mundo

Depois de dois anos, o anexo foi descoberto, e as pessoas que ali viviam foram enviadas para campos de concentração. Tragicamente, apenas o pai de Anne sobreviveu à guerra. Como homenagem à sua filha incrível, Otto Frank publicou o diário dela. É considerado um dos livros mais importantes da história.

Anne nunca parou de sonhar com um futuro melhor. Sua esperança, seu talento e sua bravura tocaram milhões de pessoas que leram *O diário de Anne Frank* ao redor do mundo.

PALAVRAS INCRIVELMENTE FANTÁSTICAS

Astecas foram um povo que viveu na região que hoje faz parte do México, por volta do século 14 até o 16.

Autorretrato pintura que um artista faz de si mesmo.

Campo de concentração centro de confinamento de pessoas com vigilância constante. São um dos símbolos do Holocausto, causado pelos nazistas no período da Segunda Guerra Mundial.

Confidenciar contar pensamentos e segredos.

Fósseis restos preservados de algo ou pegadas de animal que morreu há muito tempo.

Gramofone aparelho antigo que tocava discos de vinil.

Império Britânico países regidos pela Grã--Bretanha. Na década de 1850, estes países incluíam Canadá, Austrália, Índia, países do Caribe, incluindo a Jamaica e muitos países da África.

Judeu aquele que pratica a fé judaica.

Maestrina é a mulher que rege uma orquestra ou um coro. Mas é também aquela que compõe peças musicais.

Paleontóloga cientista que estuda dinossauros e fósseis.

Perseguir tratar de forma cruel e/ou injusta.

Radiação tipo de energia potente e perigosa.

Radioativo que emite radiação.

Raios x são raios invisíveis que atravessam objetos sólidos e podem ser usados para produzir imagens que mostram a parte interna das coisas.

Segregação ato ou efeito de afastar, separar. Nos Estados Unidos, as leis de segregação mantinha negros e brancos separados.

Suffragette a mulher que fazia campanha pelo direito das mulheres ao voto.

Vanguarda é a atitude de quem tem papel pioneiro, desenvolvendo técnicas e conceitos novos e avançados.